KB112711

그리움에도
색이 있다

그리움에도 색이 있다

발행일	2020년 4월 10일

지은이	윤이지		
펴낸이	손형국		
펴낸곳	(주)북랩		
편집인	선일영	편집	강대건, 최예은, 최승헌, 김경무, 이예지
디자인	이현수, 한수희, 김민하, 김윤주, 허지혜	제작	박기성, 황동현, 구성우, 장홍석
마케팅	김회란, 박진관, 조하라, 장은별		
출판등록	2004. 12. 1(제2012-000051호)		
주소	서울특별시 금천구 가산디지털 1로 168, 우림라이온스밸리 B동 B113~114호, C동 B101호		
홈페이지	www.book.co.kr		
전화번호	(02)2026-5777	팩스	(02)2026-5747

ISBN	979-11-6539-161-4 03810 (종이책)		979-11-6539-162-1 05810 (전자책)

이 도서의 국립중앙도서관 출판예정도서목록(CIP)은 서지정보유통지원시스템 홈페이지(http://seoji.nl.go.kr)와 국가자료공동목록시스템(http://www.nl.go.kr/kolisnet)에서 이용하실 수 있습니다. (CIP제어번호: CIP2020014529)

(주)북랩 성공출판의 파트너

북랩 홈페이지와 패밀리 사이트에서 다양한 출판 솔루션을 만나 보세요!

홈페이지 book.co.kr • **블로그** blog.naver.com/essaybook • **출판문의** book@book.co.kr

윤이지 사조집

그리움에도
색이 있다

북랩 book Lab

측은지심惻隱之心에서 비롯된 모든 일은 아름답다.

동정심이든 연민의 정이든 내 안의 것이 사랑하는 마음이라면 그 대상이 사물이어도 좋겠다는 생각이다.

생각만 그럴 뿐, 정지 화면 같은 콘크리트 벽과 죽은 듯 웅크리고 있는 돌덩이에게 나눠줄 선심까지야 없다.

봄의 기운을 받고 태어나 목단꽃이 찬란했던 마당에서 어린 시절을 보냈다.

집, 학교, 집, 학교밖에 모르고 살다가 전문대학 1학년이었던 열아홉 살 때 인생의 첫 위기에 부딪혔고 스무 살에는 죽음의 고비를 스스로 넘겼다.

1992년, 영국 엘리자베스 여왕의 '한국 방문의 해'에는 경북 경

주에서 살았는데 그해 12월에 젊은 아버지(52세)를 여의고 생의 끈을 다시 놓칠 뻔했다.

이십 대 초반에 몇 차례 겪은 '우울감' 덕분이었을까?

반짝반짝 빛나는 봄날의 그늘을 미리 볼 기회가 내게 주어진 것이라고 여겼다.

인간이 가진 다중성의 이로운 면만 보려고 했던 자신을 다독이며 성실하게 살았다.

'꽈배기 소녀', '얼음공주'로 절반을 흘려보냈고 '조선시대 여자', '예민한 돈까스'로 현재를 떠돌고 있다.

별명의 어감이 더 나아진 것 같지도 않지만, 친구들의 애정이 듬뿍 묻어나는 이름이라서 개의치 않는다.

첫 시집의 출판을 앞두고 십 년 이상 된 관계망 중에서 여성들만 하나둘 헤아려보니까 내 나이 49를 훌쩍 뛰어넘는다.

그중에서 특별히 가족관계와 절친만 다시 골라도 서른다섯 명은 되기에 이런 생각을 또 해봤다.

'여성의 삶이 진실로 고단할지라도 그 수명은 길구나.'

앞으로의 25년은 그녀들과 함께 조금 더 유쾌하기를 바란다.

2020년 경자년

尹李智

| 목차

오선지 누빈 서시序詩

바람 이는 잎새 따라 지축이 흔들린다
제 몫의 울음 너머 시침 자국 지워진다
투투투 뱉는 소리뿐, 닿지 못한 절대음

간주는 짧아지고 빗줄기는 굵어질 그때
품으로 날아든 새, 젖은 깃털 말리는 새
어둑한 길눈이 트여 오선 너머 날고 있다

환호성 울려 퍼지는 광장 그리 가로질러
바늘 귀 뚫고서야 박음질을 마친 시간
눈 오는 플레이스토어* 카페 문이 열린다

* playstore: 스마트폰의 콘텐츠를 구매할 수 있는 프로그램.

하루의 가감승제

집은 늘
들썩인다
최상급의 아침은 더,

아내는 아이 같고 아이는 천사 같다
지상을 깨우는 일에 더하기 한 새들의 알람

이팝나무 거리 곳곳 해사한 게릴라 가드닝*
고운 손길 오가는 정 나눔 하는 초록 도시
어린이 보호구역엔 과속 운전 사라지고**

아버지 숙직 근무 곱하기한 밤을 도와

PC방, 스터디카페 입간판 불빛 따라

무거운 눈꺼풀에 내린 열섬의 한줄금 비

다솜로 49번길에 감귤빛 조명 들이고

다섯 식구 마주 앉아 하루를 기록한다

말없이 가시를 빼놓고

사랑 한 술 뜨면서

* guerrilla gardening: 버려진 자투리땅에 꽃과 식물을 심어 가꾸는 활동

** 2020.3.25.부터 민식이법(스쿨존 교통사고에 적용되는 가중처벌법) 시행

세 개의 주제를 위한 모음곡

1. 구름 방정식
제부도 하늘에 뜬 코끼리 본 적 있지
귀는 크고 눈이 순한, 잡힐 듯 가까워진
낙하 전 치솟아 오른
육덕肉德 좋은 쎈비구름

2. 밤의 마술 구두
갯벌에 두고 온 발 춤추다 잠들었어
명아주 꽃이 지고 애틋한 밤 달이 울고
물너울 헹가래 쳐도
찾지 못한 구두 한 짝

3. 지팡이 환생

뾰족한 굽 찍힌 자국 새살 돋아 차오른 펄
청려장 짚고 오실 내 아버지 마중하는데
높은 산 뒷걸음친다, 그네 타고 붙잡을까!

신조어 열람 4

1. 갑툭튀
먼지 모자 푹 눌러쓴 수첩 한쪽 귓가에선
동심 없이 적나라한 아이의 낙서 몇 줄이
불현듯 늙은 부모를 물끄러미 바라본다

2. 편스토랑
허기진 불면의 숲, 24시간 한낮 같아
밤새워 불 밝히던 고시 공부 멀어지고
묵직한 발걸음 옮겨 한 끼 식사 챙기죠

3. 라떼는 말이야
이도 저도 성에 안 차 돌부리 걸어찬다
제 집 앞 주차하며 고깔콘* 깨부순다
동구 밖 아카시꽃은 봄볕 따라 벙글었지

4. 일코노미

워라밸** 유행 타고 즐기며 일한다지

소통 없는 벽을 두고 반복되는 혼밥 혼술

차라리 라떼는 말이야 허세라도 부릴까

* 주차용 플라스틱 삼각대.
** 일과 삶의 균형(work+life+balance).

1. '갑자기 튀어나오다'의 줄임말
2. 편의점과 레스토랑의 합성어
3. '나 때는 말이야'라고 자주 말하는 기성세대를 풍자한 표현
4. 1인 경제

화요일에 비 소식 있습니다

강변역 꼼장어집, 술잔이 오고 간다
스스로 몸을 꼬는 한밤의 행위 예술
불그락 꽃불 돋우며 타닥타닥 숯이 탄다

굳은살 박인 손에 길들여진 노란 냄비
술 취한 레퍼토리 덕지덕지 딱지 앉을 즘
넘어진 의자를 일으켜 바짝 몸을 붙인다

제 갈 길 서두르는 동료들의 고정 멘트
사표 낸다 내일 당장 치킨집 차려야지
빗나간 중부지역 비 소식
오늘도 맑음 예보

꽈배기 러브

1.

꼬이고 또 꼬여서 사탕발림 속았나요
뜨거운 맛 된통 당해도 그 속 아직 어리죠
가끔은 반죽 실패로 배배 꼰 몸 풀곤 했죠

한 시절 주목받고 전성기 누린 그녀
밀려난 먹거리로 시골 장터 머물다가
떠오른 추억의 간식 인기몰이 새롭네요

2.

비꼰 마음 누그러져 남은 생을 접어 넣고

설탕이 녹는 시간 달콤하게 버무릴까요

노을 진 창가에 앉아 멀리 떠가는 구름을 보며*

* 이문세 노래 '소녀'

수암골 감나무

널찍한 가슴팍에 벽시계 걸려 있다
오르막길 연탄 나른 리어카 쉬게 하고
연둣빛 어린 열매들
오물오물 젖을 뗀다

유월처럼 분노한 장대비 흠씬 맞고도
무심천* 건너가듯 속내 감춘 저 감나무
무겁게 눈꺼풀이 내리고
손등 위로 피는 꽃

벽화 골목 관광객들 소란한 웃음소리

시간을 거스르는 국숫집 가격표에

철없는 낙서 한 문장

싼 맛에 먹어 볼까?

가려운 곳 긁어주던 효자손이 나뒹군다

유모차에 친 거미줄 부채질에 스러지고

벽시계 바늘이 맴도는

그 하루치 삼킨다

* 無心川: 금강의 제2지류, 충북 청주시를 남북으로 가로지른 하천.

미리보기

되돌아갈 수 없다
끝에 서서 톺아본다
고개 떨군 가닥 잡고 완성본 가늠하는
하나의 주제로 엮은 서로 다른 생김새

씨앗 품을 토양 닮은 너른 품 한 벌 짠다
실타래 다시 풀어 헐렁 옷깃 홀치어 맬 때
청라靑蘿의 가시버시 되어
온새미로 빛난다

뭉툭한 손끝에서 실마리 찾아내고
네댓 색감 어우러진 명품 탄생 그 자리
바늘귀 총총히 꿰어 한 코 두 코 늘린다

감귤 빛 스웨터에 노을 물든 목둘레선
소맷단 리본 묶고 팔꿈치 가죽 덧대어
한 하늘 또 시침하며 클릭하는 프리뷰

살림, 그 메타포

씨감자 틔운 싹이 흙 기운 받기까지
봄을 툭, 치고 가는 회리바람 매서운 손
살아갈 이유가 없는 잡초라도 붙잡을까

숲속에서 어우러진 크고 작은 들숨 날숨
익숙한 그 기억으로 자궁 한껏 들깨운다
새벽녘 이불 박차고 눈틀 터는 봄동처럼

데자뷔

1.

스무날 하루 만에 벌거숭이 나를 본다
무겁고 아늑한 빛 양각으로 새겨놓고
그 햇살 거를 틈 없이 시전지詩箋紙에 찍는다

2.

유자 향 가득 스민 봄밤의 편지 한 통
우편함 입을 열어 빈속을 다독이고
비빔밥 골고루 비벼 징검다리 건넌다

3.

초롱한 별꽃 따다 주렴처럼 매달고서

디졸브* 낮과 밤을 시루에 잘 안친다

안개 낀 스크린 위로 발 구르는 영사기

* 시나리오 용어(dissolve): 화면에 또 화면을 겹치게 하는 영사 기법

정화 씨의 봄

- 버들 강아지 피는 강변에서

돌멩이 주워다가 손등 박박 씻어대던
손뜨개 털 스웨터 나팔바지 폼에 살던
우리들 잘살고 있나 안부가 궁금하다

반짝반짝 예쁜 날도 돌고 돌아 또 제자리
생업과 생활 사이 불림 버튼 꾹 눌러놓고
물때 낀 타일의 틈과 틈, 곰팡이를 벗긴다

달큰한 강바람에 은빛 도시 흔들린다
겨울*에서 머뭇거린 바늘 핀 살짝 들면
사르륵 얼음 녹는 소리에
봄을 모는 저 강아지

* 비발디의 '사계' 중, 겨울 2악장.

라일락

잎사귀 하트 모양, 꽃 이름 뭐였나요?
애저녁 잊고 지낸 첫사랑이 떠오르죠
그림자 길게 누워도 아직 환한 뜨락에서

청보리 출렁이던 봄, 나지막이 부르는데
옅은 빛 진한 향기 오월 볕에 더 빛나는
널 닮은 수수꽃다리* 다섯 음의 스타카토

톡 토독 빗방울이 하트 잎에 내립니다
해종일 열어젖힌 장독 뚜껑 덮으면서
저장된 우리들의 봄날, 기억하길 바라죠

* '라일락'의 순우리말, 꽃말은 첫사랑

모노드라마

검은 빛 긴 생머리 협찬 가발 벗어둔다
희끗한 단발 커트 품위 한껏 연출하는
가위질 서걱대는 시간
서시西施 눈빛 반짝이고

가랑비에 젖은 옷깃 꽃망울 벙그는 참에
간추린 색을 모아
하나둘씩 눈뜨는 오후
미인도 화폭을 채운 걸개그림 펄럭인다

거울 속 민낯을 본다
애년艾年의 여자 홀로
실핀을 입에 물고 손등을 바라볼 때
불거진 혈류를 따라 파릇하게 움튼다

봄의 판타지

눈[目] 속에 들앉은 너, 덩달아 꽃이 이울고
슬픔은 그렁그렁 무릎까지 덮고도 남는다
연두는 초록을 물고 옹알이가 한창이다

잔가지 쭉쭉 뻗어 하늘도 능멸할 참이더니
모도록이 손발 맞춘 입김에 한풀 꺾인다
토도독 지붕을 때린 비, 빗금으로 스미고

먼저 온 낮달처럼 금나비의 하품처럼
불콰한 낮 창백해져 제 몸 떠는 오후 네 시
꽃지짐 사르르 퍼지던 봄, 그 봄을 나무란다

까마귀와 함께한 1999년의 기억

- 오비이락烏飛梨落

첨성대 하늘에선 길조 들 때 날곤 했지
그 까마귀 터를 찾네, 추풍령 고개 넘고
오송역 주차광장 지나 배꽃 피던 봄날 지나

감자 캐온 조치원댁, 반죽 담당 이순돌 씨
심부름꾼 옆집 영감 잔소리에 취한 날은
우박에 천둥 번개가 쳐도 수제비 맛 나더만

이화우 흩뿌린 날, 어둑새벽 부산행 열차
델리만쥬 크림 물고 커피 한 잔 머금는데
한 손에 폭 안겨드는 종이컵이 차게 식어

주머니 뒤적거려 가죽 장갑 찾아 끼고

비로도* 원피스의 보슬보슬 결을 쓸다

영동역 안내방송에 폭풍 같은 눈물 쏟네

* veludo(비로드): 우단羽緞, 영어로 '벨벳'이라고 부르는 거죽이 부드러운 옷감

빨래

솜털같이 많은 나날 바람에 날아갔다
허물 벗듯 훌훌 벗고 속내 다 토해냈다
밤사이 습기를 머금은 세상, 주름 잡고 달렸다

삼 년씩 삼제곱 한, 때 묻은 날의 적층
그 틈새 비집고 든 건조한 시간이 멈춰
어머니 눈주름 폈던 천기저귀 펄럭인다

쭈글쭈글 광목천에 색실로 수놓은 건
한 글자 이름처럼 욕심 없이 정한 바람
오후의 꽃망울 피우고 보송하게 볕 들고

프리마베라*

1. 노루에게
꼬리가 짤막한 건 네 탓이 아니란다
제대로 몸 가누기 힘든 이도 있더란다
가혹한 한나절을 꼭, 껴안고 품어줄게

2. 노루야 놀자
더이상 먹을 것도 함께 뛰놀 친구 없어
밤마실 나오던 날 너를 부른 작은 불빛
차디찬 아스팔트에 또, 지웠다 새긴 이름

3. 노루의 봄

물 마시고 배변하고 할머니의 손길에서

짧게 느낀 어미 마음, 서너 달 거주한 곳

산골의 겨울은 따사롭고 그 꼬리는 짧았다

* 프리마베라: '봄'의 이탈리아어

민들레 어머니

하이얀 머리카락 고옵게 나 먹은 표*
뱅그르 날아올라 가볍게 하늘하늘
손주들 마중하시나 대문 앞 서성인다

모퉁이 돌아가면 문패 없이 지은 집에
제 한 몸 뿌리 내려 살림을 일궈내고
할미꽃 말벗이 되는 고향 집 마당의 꽃

햇볕에 등 따갑던 봄날을 다 보내고

목백일홍 붉게 타는 한여름에 시들어도

빈 들녘 이랑 틈 사이 일편단심 묻는다

* 곱게 늙어 '나이'를 먹은 '표시'가 있어야 한다고 이르시던 할머니식 표현.

목련이 피던 마당

황홀한 살결보다 손끝이 먼저 녹아

긴 밤을 허리 잘라 봄내 가득 들여놓고

댓돌 위 코고무신에 햇덩이를 태운다

나의 창으로

유리로 산다는 건 그 얼마나 유리한가

깨질 듯 투명해서 다 비춰도 당당하고
내게 닿은 모든 것을 차갑게 식히고도
모른 척 침묵할 수 있으니 먼 산 보며 노래할 수 있으니,
숨겨둔 본능까지 죄다 보인 순간에도
심장이 펄떡이고 술잔 가득 채워진다
노을은 발아하듯 내일을 꿈꾸지만
저녁 강 언저리만 가만히 훑고 간다
새벽은 더 차갑게 구슬방울 달고 온다
꽁꽁 언 발자국에 찬 서리 더께 얹고
살얼음 밟은 걸음 한 발짝 내딛는다

등 뒤를 따르는 건 보이지 않는 형체의 것
우우웅 짐승 소리 억새 숲 마주한 길도
저만치 멀어진다 아득하게 떠나간다

오늘은
커튼을 달아주리
유리 같은 그대여

이래도

바다를 건너는 건 나무가 숲이 되는 일
깊은 울음 문양 새긴 숨비를 캐내듯이

되돌아가야 할 곳은 멀어져
닻을 내린 목선처럼

잡은 것 없는 하루
달빛 벌써 스밀 즈음
망사리 채운 손길, 물길보다 따스하다

이래도*

섬을 이룬 숲이 되어

잠潛의 시간 껴안고

달맞이꽃, 마실 나오다

끝없는 손님치레 때까치 부리 헐고
제 식구 거두느라 나무가 헐벗을 즘
빈들의 밭은기침에
날숨조차 참습니다

줄지어 잰걸음 친 개미 떼 배웅하며
가뭇한 벽에 기대 새우잠 깬 달맞이꽃
뜨거운 아스팔트 길
맨발인들 못갈까요?

쉴 새 없는 바람 사이 할 말 끝내 쟁이다가

속으로 커커 쌓여 멍울로 자랐어도

빼꼼히 고개 디밀고

마실 나온 어머니

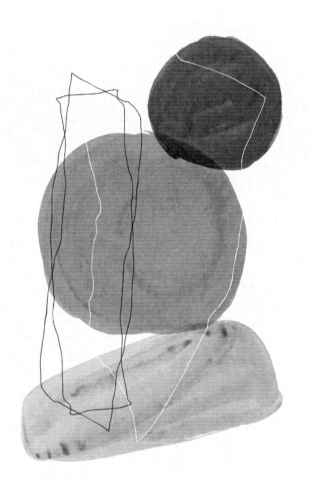

시간의 모서리

갤러리 저 포스터가 칸나를 닮아 있다
자개장 들어온 날 처음 만난 꽃불 같다
붉은빛 깊게 스민다, 꿈틀대는 봄의 발아

도슨트의 실루엣이 초현실을 베끼는 새
아치형 다락에서 캔버스 퇴색해도
그녀의 손짓을 따라 숨통 트인 명화 한 점

붉은 칸나 가둔 액자 모서리 각을 맞춰
밤의 온기 되살린다, 천일 낮밤 강을 건너
부푸는 유선 따라 번진 젖내음이 달큰하다

달을 위한 론도 카프리치오소*

제 몸 사른 너를 감싸

수의 한 벌 장만했다

오죽 마디 잇단 음에 울림 깊은 공명음에

무뎌진 칼날을 벼려 달빛 서사 읽는다

오랜 습성 물려받고

뿌리 내린 일상인가

희석한 붉은 안료 오르가슴 절정 찍고

허공이 붓질한 여명, 농담 조절 우아하다

마호가니 경대 서랍

달 그림자 접어 넣고

햇귀 입은 침실의 벽 따스하게 굴절된 빛

눈썹에 살포시 얹어 또 하루를 깁는다

* 멘델스존의 피아노 연주곡

모멘트

내 안에서 금이 간 줄
나조차도 모르지요
바삐 뛰어다니다가 겨우 등을 기댄 순간
곰팡이 꽃을 피워낸 모서리에 시선 꽂혀

플라워 월페이퍼* 내력 더 시들해지고
소파의 날갯죽지 의식 없이 쪼그라져
그릇된 저녁 창가에서 끊어진 세레나데

도마 위 대파 한 대, 어슷 썰린 조각마다

비릿한 생선 냄새 코 쩡한 산초의 향

애틋한 한 끼 냄비가 들썩이며 끓는다

* wall paper: 벽지 혹은 바탕 화면

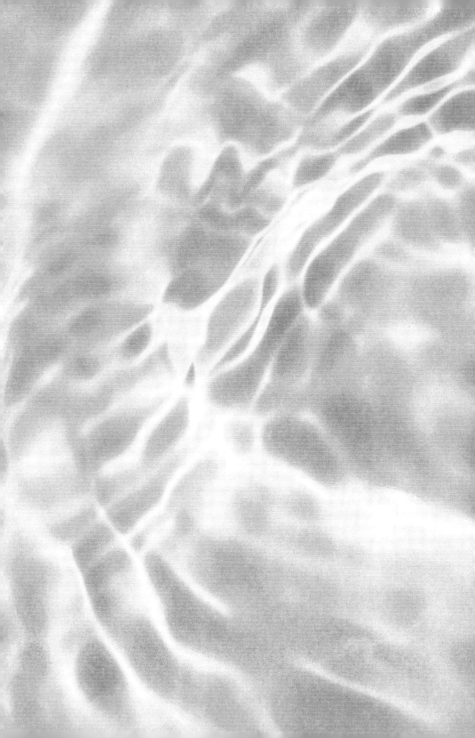

회상

- 고스톱 동상이몽

1. 전진(go)

가다가 발목 접힌 그림자의 숨바꼭질
좁은 길 매캐한 향 가위눌린 밤이 온다
일어나! 발버둥 치며 어서 가자 외치는

2. 그리고(and)

따스한 베개 맡엔 포마드 굳은 냄새
정갈한 이부자리 하루를 품고 자네
시침 핀 손끝이 찔려 선홍빛 핏물 들고

3. 갈무리(stop)

한 마리 새 날아온다, 앉을까 날아갈까

고릿한 무릎 세워 귀로 울며 그린 화폭

포르르 새는 훌쩍 날아가고 꽃은 다시 벙글어

역입 혹은 열입

- 逆入, 熱入

1.
가다 만 듯 되돌아와 다시 걷는 길에서
역입의 자국 따라 먹향 스며 숨 쉬는데
붓꼬리 둥글리면서 중심 잡아 선을 잇고

점과 획 사이에선 글씨체가 살아난다
아니간 듯 주춤했던 미련 툭툭 털어내자
한참을 머문 그 자리, 내 안의 꽃 피운다

2.

유리알 닦는 손길 아기를 어루만지듯

서로 입장 내세우면 부딪힐 관계 앞에서

오롯이 엄마라는 이름, 방패 삼고 나섰지

우리를 이은 시간 탯줄보다 길고 단단하다

삼나무 숲길에선 따스하게 눈이 퍼붓는다

깊은 밤 풀벌레 소리도 네게 닿을 순간이다

도마뱀의 귀환
- 4량 열차 타고

도화지 빛바랜 듯 몸맨두리 노릇하다
한눈에 알아채고 보폭 좁혀 다가올 때
먼 걸음 지칠 새 없이 목청 제법 우렁차다

가녀린 목선도 고운 금계국의 배웅 틈새
물오른 버드나무 화려한 그 헤드뱅잉
재회의 어깨를 걸고 두 여자가 울고 있다

첫울음 터뜨린 날, 또렷했던 진동 같다
충북선 상행 열차 꼬리 감춘 도마뱀처럼
꿈결에 다녀온 드키 볼우물도 해쭉댄다

동행

자전거 페달 위에 낙엽이 먼저 와서
말없이 발을 얹고 출발을 재촉한다
가야 할 계절을 당겨 시간도 돌려댄다

골바람 불어와서 아카시 꽃이 필 때
바퀴가 돌아가면 내 나이도 꽃띠라고
가던 길 멈추어 서서 세월 한 번 흥정할까

어둑한 길모퉁이 기습하는 긴 그림자

그대로 방향 돌려 오던 길 되돌아간다

내 남자 향기를 찾아 촉수 세워 달려간다

치마 속 훤히 비춰 출렁대는 다리 지나

청적清寂의 기운마저 어깨를 감싸 안고

꿈꾸듯 키 크는 나무에 산바람이 둥지 튼다

완경完經

싹둑 자른 저 머리칼 처마 끝 가지런히
갈바람 부는 대로 눈물이 마르기를,
내 마음 시래기 국밥에 토렴하듯 담는다

떨려난 조각으로 덤불 사이 숨었다가
햇살 한 줌 삼키면서 속내 스릇 내비친다
여전히 말하고 싶어라 초록잎을 틔우며

작고 큰 무청들이 앞다퉈 키 재는데
푸르던 지난날을 저마다 돌아본다
어느새 물드는 금강錦江
나를 끼고 흐른다

찰칵, 착각의 창

1.
주어진 하루 낮밤, 죽은 별에 생기 넣는
또렷한 줄 홀로 긋는 흑점 하나 되우 밝다
다시 살 늪의 요람에 발은 더욱 빠져들고

사각 틀 소금밭에 해종일 둥근 볕이
따가운 눈초리로 지레 바쁜 발목 잡을 때
손차양 얼굴 가리고 잠시 숨긴 달뜬 속내

2.

창틀 없는 창을 열어 무심한 말 건넨 사이

좋아요 최고예요 필담 오간 틈 비집고

한 모금 들이마신 숨 물증으로 남을까

찰카닥 서터 누르고 검지 세워 노를 젓다

무인도 닮은 그 섬, 닻줄 없이 배가 닿아

새벽녘 그물에 걸린 먼 동살을 당긴다

글루미 선데이

1.

바람조차 숨죽인다, 복도 끝 창가에선

시한부 일기장의 한 페이지만 남겨놓고

어둑한 비상구 열어 뜬눈으로 새운다

수혈 끝내 마다한 채 매듭 한 링거 팔찌

눌러 쓴 손글씨에 웃는 얼굴 다닥다닥

뉘 가슴 언저리마다 파문 깊게 얼룩진다

2.

잠결에 건듯 스친 그 봄의 비릿한 입김

자운영 피는 마을 초록빛 줄모 따라

귀울림, 질라래비 훨훨*

할미 노래 듣는다

* 아기가 막 걸음마를 떼려고 할 때 성장발육을 위해서 불러주던 노래

한나절의 압화

1. 목백일홍

달린다 1,667㎞* 희뿌연 막 거둬내고
방울방울 차오르다 울음보 터뜨린 꽃
구름도 산통을 겪은 듯 그늘 집을 만든다

산발한 머릴 빗어 감춘 속살 드러내자
연두와 초록 사이 새빨간 잎 돌올하다
산사의 소롯길부터 돌아앉은 여름 한낮

2. 검은 대나무

속 비운 늙은 나무, 목백일홍 마주 본다
마디 늘린 칸칸마다 깊이 묻은 무성한 말
대오리 깎고 다듬어도 내놓을 재간 없다

오죽 엮어 옻칠하고 제값 높인 저 바구니
거친 숨 몰아쉰다, 노을 진 산 앞섶 푼다.
조여든 허파의 날갯짓 바람결에 펄럭인다

* 지구의 자전 속도

구름

발 아래 산을 두고 가슴에 하늘 품고
더 높이 올라가서 재회를 꿈꾸는가
부풀고 부풀은 제 몸, 천상에서 꽃은 피고

고우면 고운 대로 미우면 미운 대로
얕은 강 언덕에선 석탑처럼 흐너지고
보는 이 한 사람 없이 홀로 밤을 새운다

달거리 하듯 떠난
새벽 기도 그날에도
그루잠 눈 비비며 내 등을 토닥거린
코끼리 두 귀보다 큰, 하얗고 커다란 손

보랏빛 아우성

먼지 함빡 뒤집어쓴 도로변의 여린 꽃들
어쩌다 툭, 날아온 생수병에 한 대 맞고
경적음 요란한 소리에 청신경을 잃었다

1인 시위 피켓 들고 종일 서서 외쳐봐도
입 다문 그녀만큼 무겁고 더 무서운 입
빨갛게 익어가는 눈, 그 두 눈을 피한다

가려진 파일 들춰 따지고 짚어본다
찌그러진 빈 생수병 썩지도 않겠지만
백 년쯤 멍들고 풀어져
노란 팬지로 다시 필까!

그날 그 수다

고맙다 진심이다
그 말만 해도 좋을

미안해 후회한다
가슴을 어루만질

감추지 않아도 될 일
보여주면 풀어질 걸

차 떠난 뒤 손을 드는
굼뜨는 인사치레
자다 봉창 두들기듯
때 놓친 반성 같다
가을에 연꽃이 핀 듯
고와도 생뚱맞은

입술만 달싹이는
미운 짓 등 돌리지
입 다문 속엣말이
다시 살아 꽃피울까!
넘쳐서 범람하더니
난데없이 오물 튄

오월을 읽다

1. 산딸나무의 출생신고
바람개비 닮은 꽃잎 산에 피는 딸기나무
연둣잎 네 귀퉁이 혼인색을 발하는 봄
잎인 양 무심하다가 꽃자리 붉어진다

2. 목련의 안식월
치마폭 한껏 부푼 봉긋한 나무 연꽃
저무는 볕 돌려세워 초록을 빚어낼 때
나란히 번호표 들고 아카시아 개화한다

3. 명자, 잔잔한 의리파

지심도 동백꽃은 키도 큰 여장부다

그녀의 퇴장에도 흔들리지 않는 섬 집

뭍에서 잔뼈가 굵어진 명자를 불러온다

4. 때죽나무에게 배우다

광양 구례 봄꽃 축제 커튼콜도 막 내리고

소롯길 벼룩시장 단체 채팅방 개설하자

몰려든 나르시시스트, 고개 숙인 때죽나무

안개 몽유

밤사이 몸을 가린 나직한 초등학교
어슴푸레 드러나는 그 덩치에 가슴이 쿵!
멀찍이 있었더라면
나 좀, 덜 무서웠겠지?
발 없는 귀신처럼 형체 차츰 다가오고
벙어리장갑 낀 손, 젖은 땀에 한기 들쯤
모퉁이 호두나무도
으스스 떨었다지!
스피커 음향 가득 울려 퍼진 '소녀의 기도'
만국기 펄럭이는 운동회 아침처럼
한 아름 도시락 가방과
어머니가 거기 있네

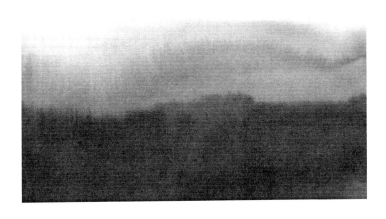

성聖요일 데칼코마니

1.

층층 오른 나무 계단, 슬관절이 삐걱댄다

셀로판지 오색 살이 다락 속내 다 가릴 때

이젤이 툭 넘어진다, 마티스가 움찔한다

퀼로트 주름 사이 나른하게 누운 햇살*

풀밭 위 여체 가득 오렌지 향 스밀 즈음

팔레트 오일이 굳어 낮달 더욱 창백하다

2.

단풍 숲 벗어난 길 문득 찾은 그루터기

압착지 물감 엉키듯 날개 돋는 성요일엔

손바닥 간질거린다, 부전나비 나풀댄다

* 앙리 마티스 작 '붉은 바지의 오달리스크'에 헐렁한 바지 차림의 여인이 누워 있다

레인보우

조그만 집이 한 채

품 쌓아 올린 지붕

빛줄기 켜켜 얹혀 사뿐히 내려앉네

젖은 발 찰방거리던 저 언덕길 너머로

붉은 눈 마른 입술

밤의 다리 서성일 때

아치형 줄장미들 가시 없이 넝쿨 뻗고

빨랫줄 그림자에선 민들레가 또 핀다

구근 썩힌 저 수선화

서른 여름잠이 들어

작약꽃 목단숲도 제 음정을 다 잊었다

한 줄금 소나기 오면 감춰둔 속 내비칠까

외줄 뛰기

허리춤 듬직한 곳 외줄 뛰기 고무줄 매고

노랫말 장단 맞추던 곱슬머리 그 녀석에게

다소곳 등을 기대고 속엣말을 건넸지

몇 번의 겨울 나고 재우쳐 온 봄날 아침

내게만 불어닥친 꽃샘잎샘 소소리바람

임자년 탄생목의 버드나무, 방풍림이 되었지

그리움에도 색이 있다

1. 그레이 · 회색
눈발이 흩날리다 화살나무로 숨은 사이
테레핀유 옅어진 향, 캔버스도 바래졌다
햇살 벤 유리창으로 생채기 난 그림자

2. 화이트 · 하얀색
남산에서 만날까요, 다섯 시 삼십오 분
운동화 끈 단디 묶고 셔츠 단추 하나 풀고
겨울이 봄이 되듯이 그대 내게 오면 돼요*

3. 스카이 블루·하늘색

별안간 천둥 치고 우박도 쏟아진다
백엽상 둘러싸고 싹 틔운 야생초들
한 계절 실어나르듯 바람 바람 불었다

4. 올리브그린·녹두색

연두와 초록 섞인 봄여름 달달 덖고
찻잎을 우려낸다 묵은 때를 벗기듯이
금세 또 모시풀이 자라고 적요한 산방에서

* 변진섭 노래 '그대 내게 다시'

아르볼 께 까미나(arbol que camina)*

1.

숨통 탁 터뜨릴까 밑둥 뿌리 드러내고
볕 바라기 한 걸음씩 서서히 움직인다
제자리 맴돌면서도 걸어온 오랜 나날

2.

"모진 것이 목숨이다"
수심愁心 한 되 보태진
수난의 오십 년사 당신의 말 되뇌이고
두 무릎 내어주시던 성녀에게 바치는 꽃

내 뼈와 살을 거둬 수목장을 바라건대
오얏꽃 필 즘이면 연인戀人 보듯 웃어주길
시린 손 더 시려도 다시금 물이 오를,
나무의 생에 기댄 우리 위해 잔을 들어
한 잔은 별을 보며 남은 그대 위로하길

다가올 계절을 끌어당겨
새순 돋게 추킨다

* 걸어가는 나무: 아마존 숲의 회귀 식물

콩국수

손님이 몰린 시간, 베개가 있던 다락
아래에서 들려오는 목소리 분주했고
여름날 자주 그렇듯 까무룩 낮잠 든다

잠에서 깨어난 건 콩 비린내 탓이지만
무의식 깊게 누운 솜털 돋은 아기처럼
잘 치댄 밀가루 반죽 소음도 한몫했다

안녕히 가이소오 우리도 점심 묵자고 마

굵은 면발 툭툭 끊어 대접 따로 받았는데

이따금

따끔거리던

맴치마* 속

그 비밀

* 오영수의 「갯마을」에 나온 홑치마의 다른 표현

그림자놀이

꽉 막힌 벽이었다

불 끄기 전 네모난 방
천장이 젖어 들고
달빛 차츰 익어간다

손가락 오므렸다가 활짝 펼쳐 나비 날고

꽃 벽지의 나비 한 쌍 훨훨 날다 숨어든다
오락가락 여름비에 어깨 젖은 그대처럼

불 끄면
꽃으로 피어나는
그 옛일의 손그림자

향수

맑은 날 구름 따라 배낭을 짊어지고
꽃 보며 오르내린 부모산 둘레길에
목청껏 불러본 이름 메아리로 돌아온다

메추라기 선하품에 아카시 숲이 깨고
추억만 곤히 잠든 사진 한 장, 툭 떨어진다
달개비 속눈썹이 자라듯 깊어가는 여름날

수탉이 타고 노는 빨랫줄 그림자에
손금을 주름잡고 나비가 날아든다
봉숭아 꽃물들인 손, 팔랑팔랑 춤추며

그리움 천 리 쌓은 추풍령 넘어선다
맑은 고을 푸른 산성 병풍처럼 펼쳐지면
산마루 뛰어다니며 아이처럼 춤춘다

버들이* 허리춤에 고무줄을 매어놓고
깜박 잠 깨고 보니 팥죽 한솥 익어간다
한 해를 쓸어 담으며 마당 비를 세운다

* 1972년 4월 5일에 심은 버드나무의 애칭

나, 그네

앉았다 일어났다 불면의 시간 위에
사방은 어둑하고 떠난 자리 무젖은 채
나, 그네 마주 이야기 허공에 흩어진다

밀다가 당기다가 시동을 거는 사이
부르릉 모터 소리 한달음에 달려온다
축제장 한복판에 선 나, 그네 되어 날을까

나, 그네 날갯짓에 먼 산 곁에 다가오고
청려장 짚고 오실 내 아버지 마중한다
한 걸음 뒤로 물러나 두 팔 벌려 나를 안던

마수데이*

비 오는 퇴근길엔 꽃집으로 달려가요
우산 대신 장미 다발, 기념일의 돈 꽃다발
선물의 의미 같은 건 따지지 말아줘요

봄비에 감기 들라 오가는 말 촉촉하게
새벽 배송 주문해둔 밀푀유나베 끓여내고
모꼬지** 한마당에서 허기진 속 달래죠

보자기 다시 펼쳐 술술 푸는 마주 이야기

길 잃은 한 마리 양, 손 꼭 잡고 별을 세던

할머니 풀솜할머니*** 그 품에서 키가 컸죠

* 마수데이: 여성가족부에서 매월 수요일을 '가족 사랑의 날'로 지정하고 마지막 수요일
  은 '문화의날'로 이벤트가 행해짐
** 모꼬지: 잔치나 놀이의 모임
*** 풀솜할머니: '외할머니'를 친근하게 이르는 말

시월의 결구結句

붉은빛 한 가지만 단풍이 아니란다
광합성 다 마친 뒤, 낙엽이 뱉은 입길
고인의 말씀을 새겨 결구하는 잎새들

뿌리 내려 뻗을 동안 덧쌓이는 이력인가!
하얀 나비 유혹에도 꿋꿋이 심지 돋우고
고랭지 적막을 도와 겹겹 포갠 봄의 열음

낮이 길어 밤이 졸다 그 결에 맞은 서리
감국 빛 짙어갈 때 누렁이도 숨이 차고
마당비 세우는 시간, 우두커니 턱을 괴는

시월의 지상 위로 달이 한 채 차오른다
지붕에 몰래 숨은 젖니 살금 훔쳐낸 날
남천의 붉고 노란 불, 눈맞 한껏 안긴다

장미론

- 10대부터 40대까지

1. 핑크 스커트

분홍빛 두 볼 가득 딸기 맛 젤리 물고
앞머리 동그랗게 헤어롤 고정한 채
입술을 삐죽 내밀어 셀카 촬영 달뜬 꽃

2. 리시안서스

콩깍지 낀 눈을 뜬다, 검색창 띄워놓고
장미로 알았는데 따로 이름 당당하네?
닮은 건 분명하지만 잘나가는 대세 그녀

3. 줄리엣 로즈

별처럼 반짝반짝 레드카펫 빛나게 할

다소곳 어깨 숙여 눈웃음이 설레게 할

여배우, 반전 드레스만큼 아리따운 부케 꽃

4. 레드 칼립소

여자는 약하지만 어머니는 강하다는

고정 관념 파괴하고 입술을 깨물었다

청춘은 바로 지금부터! 골드미스 내 친구

영 앤 리치*

1.

손 시리지 않아요

뼛속 바람 무슨 말이죠?

해장엔 역시 피자 그리고 콜라 한 컵

오늘은 어제보다 더, 활기찬 기분이죠

2.
수입차 명품시계
브랜드로 표현하는
그들의 과시욕에 등허리 쭉 펴볼래요

이력서 칸칸 빼곡히 지나온 길 채운 나

* young and rich: 젊고 부유한, 악용되기도 하지만 '젊음이 재산'이라는 뜻

밥에 반飯하다

생이 멍이* 머리 위에 씨앗을 이고 있다

끝없이 잘려 나간 벼들의 고개 숙임
이어 온 천년의 비바람, 햇빛 향한 경배敬拜를

한 농부 땅을 갈고 한줄기 물이 흘러
볍씨 한 톨 싹 틔우자 모내고 벼꽃 핀다

품어 온

무한한 것들의 수작酬酌

그 꾀임에 반하다

* 생명生命의 한 글자씩 따서 만든 충북 청주시의 마스코트, 생이(초록)와 명이(분홍)는
세계에서 가장 오래된 '소로리' 볍씨(청주시 홍덕구 옥산면 소로리의 구석기 유적에서 발견)
의 홍보대사이기도 함

막걸리즘

드디어 노안이란다

그래도 늦게 온 겁니다

위로의 말 흘려듣고
2인 정식 주문했다

곰삭은 젓갈 한입에
눈물이 찔끔 나온다

묵은지 김치찌개 과메기 한 상 차려
호미곶 해돋이를 안주 삼듯 소환하고
남자의 손끝에서 놀던 갈매기도 불러냈다

포항 찍고 울산 찍고 바다의 품 안겼다가
파도 따귀 한 대 맞고 낭만을 노래하다가
잘빠진 주둥이에게 하는 말
취한다 취해 네게

꽃샘바람

창을 열다 문득 생각
너의 볼에 속삭인다

물구나무 서서 걷는
소년처럼 상기된 낮

향나무 어깨에 걸린
꼬리연을 떼고 있다

8월의 에스키스

1.
조팝꽃 피던 자리 펼쳐진 백중장*에
빗살문 얽은 마당 뙤약볕에 들썩인다
검붉게 그을린 얼굴은 좌판을 까는 자격

이고 진 등짐 풀고 물꼬 튼 해포 이웃
허투루 쓸 물 한 방울 쥐어짜듯 걸러내고
저저금 걷어붙인 팔, 잰걸음을 잡는다

2.

말매미 곡비의 목, 마른 울음 끊어지는

처서 무렵 비설거지 먼지만 일으킬 때

천수답 받들어 키운 빈농 숨결 가쁘다

지하수 끌어다가 허기 채운 고비 너머

녹조강 오염 벗겨 잠긴 시간 태엽 풀까

침잠한 여울을 깨워 한 됫박 빛 긷는다

* 음력 7월 15일의 '백중'을 전후하여 여러 가지 놀이와 흥행이 벌어지는 큰 시장

푸른 섬, 비밀을 캐다

가슴 저민 주홍글씨, 내가 나를 옭아맨다
양날의 칼 움켜쥔 손 새벽 놀 비명에 젖고
만선의 고깃배 맴돌던 해적들도 떠난다

문턱은 늘 걸린다, 치맛자락 들추기 전엔
중력衆力을 지르밟고 중력重力을 떠받들까?
그대로 침잠하는 밤 아득한 별이 진다

산호초 부유하는 바다 밑 그 경계 너머
미로 숲 헤매 돌다 문득 닿은 출구처럼
쉼 없이 허우적거린다, 불가사리 움켜쥐고

이쯤 어디 고이 묻고 갈매기 떼 몰아냈지
미역밭 미끄덩한 절벽 아래 숨 고르고
비밀리 부쳐 먹던 땅, 잔치 벌여 나눈다

발포주의보

좁다란 골목에선 애써 말을 아끼시오
휘저은 낯선 어법 갈겨 쓴 어귀마다
입간판 불빛에 섞어 희롱당한 저 글꼴

시크한* 모던 보이, 어젯밤은 잊으시오
밀랍에 핀 사초의 말 먹물 찍어 풀어내도
그랬어? 오리발 앞엔 전서체 미로일 뿐

검은 막대 줄 세우고 바코드 만드시오
작전명 노출 전략, 나열한 13자리 수
터질 듯 부풀었으나 만나보면 허풍선이

* 세련된, 맵시 나는 등의 뜻을 가진 독일어 쉬크(schick)에서 유래

행복

- 호두나무의 비밀

아득한 길을 따라 저만치 보이는 건
공중에 둥둥 뜬 집
발 없는 귀신학교
말쑥한 얼굴로 나타나네
안개를 물리치고

대문 없는 모퉁이 집
학교보다 반가워라

마당은 울퉁불퉁, 호두알은 매끈한데

바람이 머물다 가네

우리들의 한 그루에

맥문동 삼행시

맥간麥幹을 꾹꾹 눌러 모란이 필 때까지
문장에 죽고 사는 음유시인 노래한다
동백꽃 혈서로 남은 그 시절을 톺아본다

맥없이 하릴없이 도산대로 헤매다가
문득 멈춘 간판 아래 풍경 저리 울어댄다
동무야! 은행잎 물들면 다시 보자 해놓고

맥문동 꽃이 피고 보랏빛 물결치면
문 리버* 흥얼거리던 헵번처럼 웃자 했지
동그란 두 눈 더 크게, 세상 전부 가진 것처럼

* Moon River(문 리버): 1961년 발표한 노래, 그해 미국에서 개봉한 영화 '티파니에서 아
  침을'의 주제가로 쓰였고 주연배우 오드리 헵번이 불렀다.

해피 버스데이

4월에 내리는 눈, 톱밥처럼 소복 쌓여
폭신한 케이크에 달콤하게 스며든다
꿈꾸듯 부풀어 오른 태곳적 기억 안고

파티셰의 하얀 모자 창가에 얼비친다
수작업 정성 들인 꽃장식에 머문 시선
벙글다 울음보 터뜨린 백목련도 기특해

누구나 선물 받은 생의 포장 뜯는 하루
겹겹의 순간에 얽힌 약속들을 그러모아
가만히 촛불을 불며 소원 비는 저녁에